帶管裱工文外餘襯知此則題邊無限生發快雨堂云爲後文拾畫張本故特著意裱工非有心生發也心。力。強。入。

鮑老催這本色人兒妙。助美的誰家裱。要練花綃簾兒瑩邊闌小、教他有人問著休狐嘌、日炙風吹懸襯的好。怕好。物不堅牢。把咱巧丹青休涴了。【丑】小姐裱完了、安奉在那裡

尾聲【旦】儘香閨賞玩無人到。【貼】這形模則合挂巫山廟。【合】又怕爲雨爲雲飛去了。

眼前珠翠與心違崔道融　却向花前痛哭歸韋莊

好寫妖嬈與教看羅虬　令人評泊畫楊妃韓偓

第十五齣

此齣遵

進呈訂本不錄

第十六齣　詰病

三登樂【老旦上】今生怎生偏則是紅顏薄命、眼見的孤苦伶仃、【泣介】掌上珍心頭肉淚珠兒暗傾、天呵偏人家七子團圓、一箇女孩兒廝病。【清平樂】如花嬌怯、合得天饒借、風雨於花生分劣、作意十分夌藉〇止堪深閣重簾、誰教月榭風簷、我髮短迴腸寸斷、眼昏眵淚雙淹、老身年將半百、單生一女麗娘、因何一病、

玉茗堂還魂記卷上

起倒半年看他舉止容談、不似風寒暑濕、中間緣故、春香必知、則問他便了、春香賤才那裡、【貼上】有哩、我眼裏、不逢乖、小使。掌中擎著箇病多嬌。得知堂上夫人召、賸酒殘脂要咱消、春香叩頭、【老旦】小姐閒常好好的、纔著你賤才伏侍他、不上半年、偏是病害、可惱可惱、且問近日茶飯多少、

駐馬聽【貼】他茶飯何曾、所事兒休提叫懶膺、【老旦】看他嬌啼隱忍笑譫迷廝、睡眼懵懂、【老旦】早早稟請太醫了、【貼】則除是八法針、針斷軟綿情、怕九還丹、丹不的腌

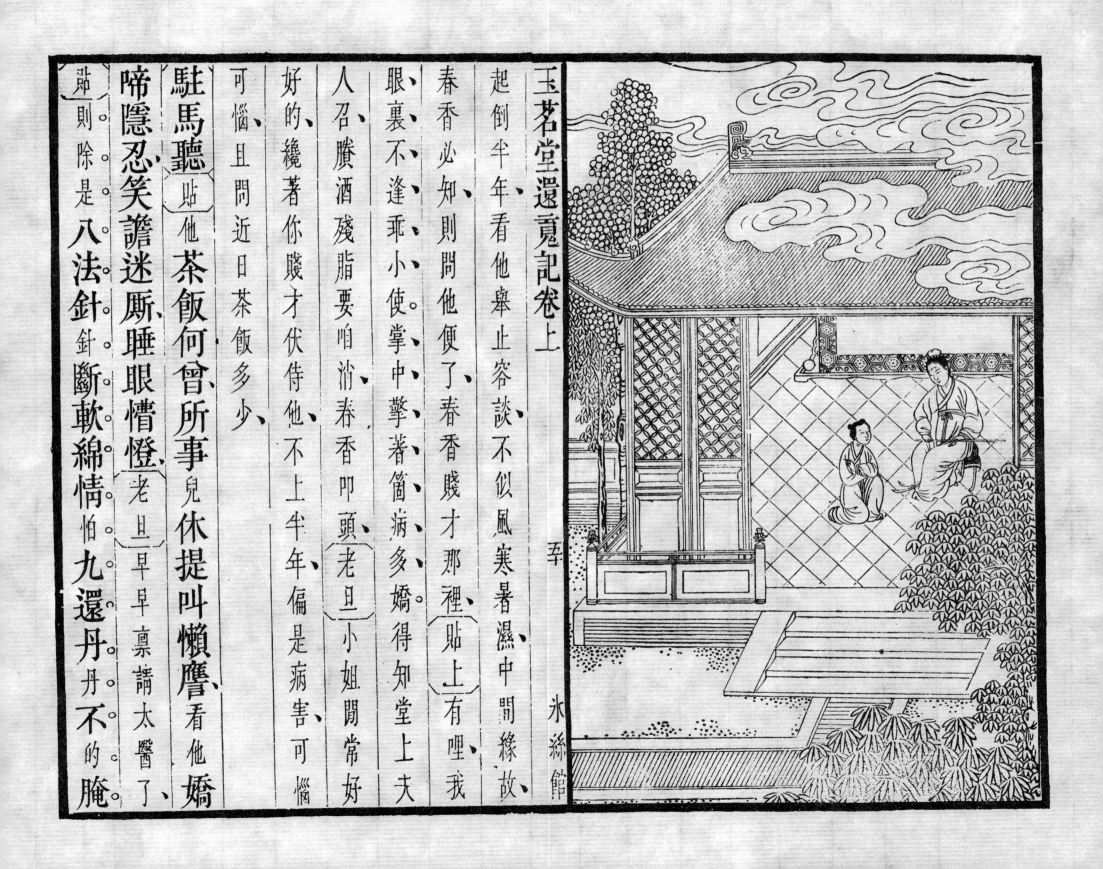

高才

要、敵、實、甫、俯、
却、漢、卿、
快雨堂云此
正山陰總敘
所謂元以古
行者也

針線

冰絲館加評
一路介白出
神入化

膭證。老旦是什麼病、貼春香不知、道他、一。枕。秋。淸。却
怎。生。還。害。的。是。春。前。病。老旦哭介怎生了、
前腔他一搦身形瘦的麗兒沒了四星、都是小奴才
逗他、大古是烟花惹事鶯燕成招雲月知情賤才還
不跪、取家法來、貼跪介春香實不知老旦因何瘦壞
了玉娉婷、你怎生觸損了他嬌情性。貼小姐好好的拈
花弄柳、不知因甚病了、老旦惱打貼介打。你。這。牢。承
嗗。骨。稜。的。狐。遮。映。貼夫人休閃了手、容春香訴來便
是那一日遊花園回來、夫人撞到時節、說箇秀才手
裏拈的柳枝兒、要小姐題詩、小姐說這秀才素昧平
生、也不和他題了、老旦不題罷了後來貼後來那那
那秀才就一拍手把小姐端。端。正。正。抱。在。牡。丹。亭。上。
去了。老旦去怎的貼春香怎得知、小姐做夢哩。老旦
驚介是夢麼貼是夢老旦這。等。著。鬼。了。快請老爺商
議、貼請介老爺有請、外上肘後印嫌金帶重、掌中珠
怕玉盤輕、夫人女兒病體因何、老旦泣介老爺聽講、
前腔說起心疼、這病知他是怎生、看他長眠短起、似
笑如啼有影無形原來女兒到後花園遊了、夢見一

都是家常茶飯。人決不能辨者。快雨堂云家常茶飯四字是元人血脈亦是子史精華

稍帶

人、手執柳枝、閃了他去、（作嘆介）怕腰身觸汚了柳精靈、虛囂側犯了花神聖、老爺呵、急與禳星、怕流星趕月相刑迸、（外）却。還。來。我請陳齋長教書、要他拘束身心、你爲母親的、倒縱他閒游、（笑介）則是些日炙風吹、傷寒流轉、便要禳解、不用師巫、則叫紫陽宮石道婆誦些經卷可矣、古語云、信巫不信醫、一不治也、我已請過陳齋長看他脈息去了、（老旦）看甚脈息、若早有了、人、家、敢、沒、這、病、（外）咳、古者男子三十而娶、女子二十而嫁。女。兒。點。點。年。紀。知。道。箇。什。麼。呢。

【前腔】忒恁憨生、一箇哇兒甚七情、則不過往來潮熱、大小傷寒、急慢風驚、則是你爲母的呵、眞珠不放在掌中擎、因此嬌花不奈這心頭病、（泣介）（合）兩口丁零告天天、半邊兒是咱全家命、（丑扮院公上）人來大庾嶺、船去鬱孤臺、稟老爺、有使客到、

【尾聲】（外）俺爲官公事有期程、夫人、好看惜女兒身命少不的人向秋風病骨輕、

柳起東風惹病身李紳　舉家相對却沾巾劉長卿
偏依仙法多求藥張籍　會見蓬山不死人項斯

抓來便是

外丑下、老旦貼弔場介、無官一身輕、有子萬事足、我看老相公則為往來使客、把女兒病都不瞧、好傷懷也、泣介想起來一邊叫石道婆禳解、一邊教陳教授下藥、知他效驗如何、正是世間只有娘憐女、天下能無卜與醫、下

第十七齣 道覡

風入松淨扮老道姑上人間嫁娶苦奔忙、只為有陰陽。問天天從來不具人身相、只得來道扮男粧。屈指有四旬之上、當人生、夢一場、集唐紫府空歌碧落寒、

氷絲館云所集之句乃李羣玉杜甫劉禹錫韓愈四家也後皆另註何下

一片精禪說恰覺靈洞錦穿

竹石如山不敢安、長恨人心不如石、每逢佳處便開看、貧道紫陽宮石仙姑是也、（丁字發開）俗家原不姓石、則因生爲石女、爲人所棄、故號石姑、思想起來、要還俗、百家姓上有俺一家、論出身、千字文中有俺數句、天呵、非是俺求古尋論、恰正是史魚秉直、俺因何住在這樓觀飛鷩、打併的勞謙謹勑、看脩行似福緣善慶、論因果是禍因惡積、有甚麼榮業所基、幾輩兒林皐幸即、生下俺形端表正、那些性靜情逸、大便孔似園莽抽條。小淨處也渠荷滴瀝。只那些兒正好叉著口鉅野洞庭。偏和你滅了縫昆池碣石。雖則石路上可以

俠槐卿、石田中怎生我藝黍稷、難道嫁人家空谷傳聲、則好守娘家孝當竭力、可奈不由人諸姑伯叔聽噪俺入奉母儀、母親說你內才兒雖然守眞志滿、外像兒毛施淑姿、是人家有箇上和下睦、偏你不二姐沒箇夫唱婦隨、便請了箇有口齒的媒人信使可覆、許了箇大鼻子的女壻、器欲難量、則見不多時、那人家下定了、說道遴擇了、一年上日月盈昃、配定了八字兒辰宿列張、他過的禮金生麗水、俺上了轎玉出

辰屬孤宿

崑岡、遮臉的紈扇、圓潔、引路的、銀燭、輝煌、那新郎好不打扮的頭直上高冠陪輦、咱新人一般排比了腰兒下束帶矜莊、請了些親戚故舊半路上接杯舉觴、請新人升階納陛、叫女伴們侍巾帷房合巹、的弦歌酒讌、撒帳的詩讚羔羊、把俺做新人嘴臉兒一寸寸鑑貌辨色。將俺那寶粧奩一件件都寓目囊箱。早是二更時分、新郎緊上來了、替俺說俺兩口兒活像鳴鳳在竹、一時間就要白駒食場。則見被窩兒葢此身髮。燈影裏褪盡了這幾件乃服衣裳、天呵、瞧了他那

驢騾犢特。教俺好一會悚懼恐惶。那新郎見我害怕、說道新人、你年紀不少了、閏餘成歲。俺可也不使狠、和你慢慢的律呂調陽。俺聽了口不應、心兒裏笑著、新郎新新郎、任你矯手頓足、你可也靡恃己長。三更四更了、他則待陽臺上雲騰致雨、怎生巫峽內露結爲霜。他一時摸不出路數兒、道是怎的、快取亮來、側著腦要右通廣內、蹄著眼在籃筍象牀、那時節俺口不說、心下好不冷笑、新郎新郎、俺這件東西、則許你徘徊瞻眺。怎許你適口充腸。如此者幾度了、惱的他氣

惡得緊

不分的嘮嘮刀倭乂窗勿、累的他鑿不竅皮混沌的
天地元黃、和他整夜價則是寸陰是兢待講、起醜煞
那屬耳垣墻、幾番待懸梁、待投河、免其指斥、若還用
刀鑽、用線藥、豈敢毀傷、便攃做趄了夾索居閒處、甚
法兒取他意悅豫且康、有了有了他沒奈何央及煞
後庭花背印面洛俺也則得且隨順乾荷葉、和他秋
妝冬藏哎喲、對面兒做的箇女慕貞潔轉腰兒到做
了男效才良雖則暫時間釋、紛、利、俗畢竟情意兒四、
大、五、常要留俺怕悞了他嫡後嗣續要嫁了俺怕人

笑飢厭糟糠這時節俺也索勸他了、官人官人、少不
得請一房妾御績紡省你氣那鳥官人皇俺情愿推
位讓國則要你得能莫忘後來當眞詩一箇了、沒多
時做小的寵增抗極反撚去俺爲正的率賓歸王不
怨他、只省躬譏誡出了家罷、俺則垂拱平章若論這
道院裏、昔年也不甚宮殿盤鬱到老身纔開闢了宇
宙洪荒晝眞武劍號巨闕步北斗珠稱夜光奉香供
果珍李柰、把齋素也是菜重芥薑、世間味識得破海
鹹河淡人中網逃得出鱗潛羽翔俺這出了家呵、把、

那幾年前做新郎的臭粘涎骸垢想浴將俺卽世裏、做老婆的乾柴火執熱願涼則可惜做觀主遊鶴獨運、也要知觀的顧答審詳、赴會的都要具膳餐飲、行脚的也要老少異糧、怎生觀中再沒箇人兒、也都則是沉默寂寥、全不會牋牒簡要、俺老將來年矢每催、鏡兒裏晦鬼環照、硬配不上仕女圖馳譽丹青、也要接得著仙眞傳堅持雅操、懶雲遊東西二京、端一味坐朝問道、女冠子有幾箇同氣連枝、騷道士不與他工顰妍笑、怕了他暗地虎布射遼丸。則守著寒水魚

鈎巧任鈎、使喚的只一箇猶子比兒、叫做癩頭黿愚蒙等誚、（內）姑娘罵俺哩、俺是箇妙人兒、（淨）好不羞殆辱近恥、到誇獎你竝皆佳妙、（內）杜太爺皂隸拿姑娘哩、（淨）爲甚麼、（內）說你是箇賊道、（淨）咳、便道那府牌來、杜蘽鍾隸把俺做女妖看誅斬賊盜。俺可也散慮逍遙、不用你這般虛輝朗耀、（丑扮府差上）承差府堂上、提名仙觀中、（見介）（淨）府牌哥爲何而來、

大迓鼓（丑）府主坐黃堂、夫人傳示、衙內敲梆、知他小姐年多長、染一疾、半年光、（淨）俺不是女科、（丑）請你脩

齋、一會祈禳、

前腔〔淨〕俺仙家有禁方、小小靈符帶在身傍、教他刻下人無恙、〔丑〕有這等靈符快行動些、〔行介〕〔淨〕叫童兒、〔內應介〕〔淨〕好看守臥雲房、殿上無人仔細燈香、〔內〕知道了、

紫微宮女夜焚香王建　古觀雲根路已荒釋皎然

猶有真妃長命縷司空圖　九天無事莫推愁曹唐

第十八齣　診祟

一江風〔貼扶病旦上〕病迷廝、爲甚輕憔悴、打不破愁

病將就甚怨亦漸眞只是心架空明無住不妙

好極

冰絲館云氣一絲兒諸本譌去一字今

鬼謎、夢初回、燕尾翻風、亂颯起湘簾翠、春去若多時、春去若多時、花容只顧衰、井梧聲刮的我心兒碎。行香子【旦】春香呵、我楚楚精神、葉葉腰身、能禁多病逡巡。【貼】你星星措與、種種生成、有許多嬌、許多韻、許多情。【旦】咳、這弄梅心事、那折柳情人、夢淹漸暗老殘春。【貼】正好簟爐香午、枕扇風清、知爲誰顰、爲誰瘦、爲誰疼。【旦】春香、我自春遊一夢、臥病如今、不癢不疼、如癡如醉、知他怎生。【貼】小姐、夢兒裏事、想他則甚。【旦】你教我怎生不想呵、

金落索貪他半晌癡、賺了多情泥、待不思量、怎不思量得、就裏暗銷肌、怕人知、嗽腔腔嫩喘微。哎喲我這慣淹煎的樣子誰憐惜、自噤窄的春心怎的支、心兒悔悔悔、當初一覺留春睡。【貼】老夫人替小姐冲喜。【旦】信他冲的箇甚喜、到的年時、敢犯殺花園內。

前腔【貼】看他春歸何處歸、春睡何曾睡、氣絲兒怎度的長天日、把心兒捧湊着、病西施。小姐、夢去知他實實誰、病來只送的箇虛虛的你。做行雲、先渴倒在巫陽會、全無謂、把單相思害得忒明昧、又不是困人天

依三婦本增入

快雨堂云增一字方合宮譜文亦流暢此係校讎家失檢無疑也

雅謔搭來無隻字不妙

風水醫書燭熟盡聽驅使

氣中酒心期魆魆地常如醉【末上】日下曬書嫌鳥跡。月中搗藥要蟾酥。我陳最良承公相命、來診視小姐脈息、到此後堂、不免打叫一聲、春香賢弟有麼、【貼見介】是陳師父、小姐睡哩、【末】免驚動他、我自進去、【見介】小姐【旦作驚介】誰。【貼】陳師父哩、【旦扶起介】【旦】師父我學生患病、久失敬了、【末】學生學生、古書有云、學精於勤。荒於嬉。你因爲後花園湯風冒日、感下這疾、荒廢書工、我爲師的在外、寢食不安、幸喜老公相請來看病、也不料你清減至此、似這般樣、幾時能勾起來讀書、早則端陽節哩、【貼】師父、端節有你的。【末】我說端陽、難道要你粽子。小姐望聞問切、我且問你病症因何、【貼】師父問什麼、只因你講毛詩、這病便是君子好求上來的。【末】是那一位君子。【貼】知他是那一位君子。【末】這般說毛詩病、用毛詩去醫、那頭一卷就有女科聖惠方在裏、【貼】師父、可記的毛詩上方兒、【末】便依他處方、小姐害了君子的病、用的史君子、毛詩既見君子。云胡不瘳、這病有了君子抽一抽就抽好了。【旦羞介】哎也、【貼】還有甚藥、【末】酸梅十箇、詩云、摽有梅、其實七

兮、又說其實三兮三箇打七箇、是十箇、此方單醫男、
女、過、時、思、酸、之、病、旦嘆介貼還有呢、
貼可少、末再添些詩云三星在天專醫男女及時之
病、貼還有呢、末俺看小姐一肚子火你可抹淨一箇
大馬桶待我用梔子仁當歸瀉下他火來這也是依
方之子于歸言秣其馬、貼師父這馬不同那其馬、末
一樣髀鞦窟洞下、旦好箇傷風切藥陳先生、貼做的、
按、月、通、經、陳、媽、媽、旦師父不可執方還是診脈爲穩、
末看脈錯按旦手背介貼師父討箇轉手、末女人反

玉茗堂還魂記卷上　

此背看之、正是王叔和脈訣、也罷、順手看是、診脈介
呀、小姐脈息到這箇分際了、
金索挂梧桐末他人才忒整齊脈息恁微細小小香
閨爲甚傷憔悴起介春香呵似他這傷春怯夏肌好
扶持、病煩人容易傷秋意、小姐我去咀藥來、旦嘆介
師父少不得情栽了竅髓針難入病躲在烟花你藥
怎知、泣介承尊覷何時何日來看這女顏回、合病中
身怕的是驚疑且將息休煩絮、旦師父且自在、送不
得你了、可曾把俺八字推算麼、末算來要過中秋好、

拈著便來

當生止有八箇字、起死曾無三世醫、（下）（貼）一箇道姑走來了、（淨上）不聞弄玉吹簫去、又見嫦娥竊藥來、自家紫陽宮石道姑便是、承杜老夫人呼喚、替小姐禳解、（見貼介）（貼）姑姑爲何而來、（淨）吾乃紫陽宮石道姑、承夫人命、替小姐禳解、不知害的甚病、（貼）尷尬病、（淨）爲誰來、（貼）後花園耍來、（淨）舉三指（貼）搖頭介（淨）舉五指（貼）又搖頭介（淨）咳、你說是三是五、與他做主、（貼）你自問他去、（淨見旦介）小姐小姐、道姑稽首、那、（旦作驚、介）那裡道姑、（淨）紫陽宮石道姑、夫人有召、替小姐保禳、聞說小姐在後花園著魅、我不信、

【前腔】（淨）你星星的怎著迷、設設的渾如魅、（旦作魘語介）我的、我的人那、（淨貼背介）你聽他唸唸呢呢作的風風勢。是了、身邊帶有箇小符兒、（取旦釵挂小符作咒介）赫赫揚揚、日出東方、此符屏却惡夢、辟除不祥、急急如律令勅、（插釵介）這釵頭小篆符、眠坐莫教離、把閒神野夢都迴避、（旦醒介）咳、這符敢不中、我那人呵、須不是依花附木廉纖鬼。咱做的弄影團風抹媚癡。（淨）再癡時請箇五雷打他。（旦）些兒意。正待攜雲握雨。你。

却用掌心雷〔合前〕還分明說與起箇三丈高兕旛兒、
〔旦〕待說箇甚麽子好、
〔尾聲〕依稀則記的箇柳和梅姑姑、你也不索打符椿
挂竹枝、則待我冷思量一星星兕向夢兒裏、〔扶旦下〕
綠慘雙蛾不自持 步非烟　道家粧束厭禳時 薛能
如今不在花紅處 僧懷濟　爲報東風且莫吹 李涉

第十九齣 牝賊

〔北點絳唇〕〔淨扮李全引衆上〕殺氣秋横、陣頭雲擁、刀
兵動、這賊英雄、比不的穿墻洞、野馬千蹄合一羣、眼

看江海起風塵、受他封爵聽他令、不算虧心負義人。

自家李全是也、本貫楚州人氏、身有萬夫不當之勇、南朝不用、去而爲盜、以五百人出沒江淮之間、正無歸著、所幸大金皇帝遙封我爲溜金王、央我騷擾淮揚、看機進取、奈我多勇少謀、所喜妻子楊氏娘娘能使一條梨花槍、萬人無敵、夫妻上陣、大有威風、則是娘娘有些喫醋、但是擄的婦人都要送他帳下、便是軍士們、都只畏懼他、正是山妻獨霸蛛吞象、海賊封王蛇變龍、

番卜算 丑扮楊婆持鎗上 百戰惹雌雄、血映燕支重、舞介 一枝鎗灑落花風、點點梨花弄、見舉手介 大王千歲、奴家介冑在身、不拜了、淨 娘娘、你可知大金皇帝、封我做溜金王、丑 怎麼叫做溜金王、淨 溜者順也、丑 封你何事、淨 央我騷擾淮揚三年、待我兵糧齊集、一舉渡江、滅了趙宋、那時還封我爲帝哩、丑 有這等事、恭喜了、借此號令、買馬招軍、

六么令 如雷喧鬨、緊轅門畫鼓鼕鼕、哨尖兒飛過海雲東、合 好男女坐當中、淮揚草木都驚動、

這樣不放過

前腔 聚糧收泉選高蹄戰馬青驄、閃盔纓斜簇玉釵紅 合前

羣雄競起向前朝 杜甫 折戟沉沙鐵未銷 杜牧
平原好牧無人放 曹唐 白艸連天野火燒 王維

第二十齣 悼殤

金瓏璁 貼上 連宵風雨重、多嬌多病愁中、仙少效藥無功、顰有爲顰笑有爲笑、不顰不笑哀哉年少春香侍奉小姐、傷春病到深秋、今夕中秋佳節、風雨蕭條、小姐病轉沉吟、待我扶他消遣、正是、從來雨打中秋月、更值風搖長命燈 下

鵲橋仙 貼扶病旦上 拜月堂空、行雲徑擁、骨冷怕成秋夢、世間何物似情濃、整一片斷魂心痛 旦 枕函敲破漏聲殘、似醉如呆死不難。一段暗香迷夜雨。十分清瘦怯秋寒。春香、病境沉沉、不知今夕何夕 貼 八月半了、 旦 哎也、是中秋佳節哩、老爺奶奶都爲我愁煩、不曾玩賞了、 貼 這都不在話下了、 旦 聽見陳師父替我推命、要過中秋、看看病勢轉沉、今宵欠好、你爲我開軒一望、月色如何、 貼 開軒 旦 望 介

快雨堂云集賢賓第二句少一字

義仍這段衷腸也是前生

三峽

集賢賓【旦】海天悠問冰蟾何處湧玉杵秋空憑誰竊藥把嫦娥奉甚西風吹夢無蹤人去難逢須不是神挑鬼弄在眉峯心坎裏別是一般疼痛【旦悶介】

前腔【貼】甚春歸無端厮和哄霧和烟兩不玲瓏算來人命關天重會消詳直恁匈匈爲著誰儂俏樣子等閒拋送待我謊他姐姐月上了月輪空敢蘸破你一牀幽夢【旦望嘆介】輪時盼節想中秋人到中秋不自由奴命不中孤月照殘生今夜雨中休

前腔【旦】你便好中秋月兒誰受用剪西風淚雨梧桐

楞生瘦骨加沉重趲程期是那天外哀鴻草際寒蛩撒剌剌紙條牕縫【旦驚作昏介】冷鬆鬆軟兀剌四稍難動【貼驚介】小姐冷厥了夫人有請【老旦上】百歲少憂夫主貴一生多病女兒嬌我的兒病體怎生了【貼】奶奶欠好欠好【老旦】可怎了

前腔【老旦】不隄防你後花園閒夢銃不分明再不惺忪雖臨侵打不起頭稍重【泣介】恨不呵早早乘龍夜夜孤鴻活害殺俺翠娟娟雛鳳一場空是這答裏把娘兒命送

工於迸淚。再。不。管。人。

囀林鶯【旦醒介】甚飛絲纏的陽神動弄悠揚風馬丁冬【泣介】娘、拜謝你了、【拜跌介】從小來覷的千金重不孝女孝順無終。娘呵、此乃天之數也、當今生花開一紅。願來生把萱椿再奉【衆泣介】【合】恨西風一霎無端碎綠摧紅。

前腔【老旦】竝無兒蕩得箇嬌香種繞娘前笑眼歡容但成人索把俺高堂送恨天涯老運孤窮兒呵、暫時間月直年空好將息你這心煩意冗【合前】【旦】娘、你女兒不幸作何處置【老旦】奔你回去也兒、

玉鶯兒【旦泣介】旅櫬夢魂中盼家山千萬重【老旦】便遠也去、【旦】是不是聽女孩兒一言這後園中一株梅樹兒心所愛但葬我梅樹之下可矣【老旦】這是怎的來、【旦】做不的病嬋娟桂窟裏長生則分的粉骷髏向梅花古洞【老旦泣介】看他強扶頭淚濛冷淋心汗傾不如我先他一命無常用【合】恨蒼穹妬花風雨偏在月明中【老旦】還去與爹講廣做道場也兒、銀蟾謾搗君臣藥、紙馬重燒子母錢【下】【旦】春香咱可有回生之日否、

> 只管迸淚來了

> 針線

> 活禍

> 冰絲館云底近刻多訛作

前腔【嘆介】你生小事依從。我情中你意中。春香、你小
心奉事老爺奶奶。【貼】這是當的了。【旦】春香、我記起一
事來。我那春容。題詩在上。外觀不雅。葬我之後。盛著
紫檀匣兒。藏在太湖石底。【貼】這是主何意兒。【旦】有心
靈翰墨春容。儻直那人知重。【貼】姐姐寬心。你如今不
幸孤墳獨影。肯將息起來。稟過老爺。但是姓梅姓柳
秀才、招選、一箇、同生同死。可不美哉。【旦】怕、等不得了。
哎喲哎喲。【貼】這病根兒怎攻。心上醫怎逢。【旦】春香、我
亡後。你常向靈位前。叫喚我一聲兒。【貼悲介】他一星

星說向咱傷情重。【合】前【旦】昏介【貼】不好了、不好了、老
爺奶奶快來、
憶鶯兒【外老旦上】鼓三鼕、愁萬重、冷雨幽窗燈不紅、
聽侍兒傳言女病凶。【貼泣介】我的小姐小姐。【外老旦】
同泣介我的兒呵。你捨的命終。拋的我途窮。當初只
望把爹娘送。【合】恨匆匆萍踪泿影。風剪了、玉芙蓉。【旦】
作醒介【外】快蘇醒、兒、爹在此。【旦作看外介】哎喲、爹爹
扶我中堂去罷。【外】扶你也兒。【扶介】
尾聲【旦】怕樹頭樹底不到的五更風。和俺小墳邊立。

尾今按原本
更正此用唐
詩樹頭樹底
覓殘紅句也

刪

刪

絕妙好辭

絕愛此二語

冰絲館加圈
并許予復絕
愛此二語

斷腸碑一統。爹今夜是中秋、外是中秋也、兒旦禁了、

這一夜雨、嘆介怎能勾月落重生燈再紅。並下貼哭

走上我的小姐、我的小姐、「天有不測之風雲、人有無

常之禍福、我小姐」一病傷春、竟死了、也痛殺了我家

爺、我家奶奶、「列位看官們、怎了也、待我哭他一會」

紅衲襖 貼 小姐、再不叫、咱把領頭香心字燒、再不叫

咱把剔花燈紅淚繳、再不叫、咱拈花側眼調歌鳥、再

不叫、咱轉鏡移肩和你點絳桃、想著你夜深深放剪

刀曉清清臨畫藁、提起那春容被老爺看見了、怕奶

奶傷情、分付殉了、葬罷、俺想小姐臨終之言、依舊向

湖山石兒靠也、怕等得、箇拾翠人來把畫粉銷、老姑

姑也來了、淨上 你哭得好、我來幫你

前腔 春香姐、再不教你煖朱脣學弄簫、貼 爲此、淨 再

不和你蕩湘裙鬭草。貼 便是、淨 小姐不在、春香姐

也鬆泛多少、貼 怎見得、淨 再不要你冷溫存熱絮叨

再不要你夜眠遲朝起的早、貼 這也慣了、淨 還有省

氣的所在、鷄眼睛不用你做嘴兒、挑馬子兒不用你

隨鼻兒倒、貼 啐介 淨 還一件、小姐青春有了、沒時間

刻毒

做出些兒也。那老夫人呵、少不的把你後、花園、打折腰。（貼）休狐說老夫人來也（老旦哭介）我的親兒

【前腔】每日、遶娘身、有百十遭、並不見你向人前輕一笑、他背熟的班姬四誡從頭學。不要得孟母三遷把氣淘。也愁他軟苗條忒恁嬌。誰料他病淹煎眞不好。（哭介）從今後誰把親娘叫也一寸肝腸做了百寸焦（外哭上）我的兒也、呀原來夫人悶倒在此、（老旦悶倒貼驚叫介）老爺痛殺了奶奶也快來快來

【前腔】夫人、不是你坐孤辰把子宿囂、則是我坐公堂

冤業報。較不似老倉公多女好、撞不著賽盧醫他一病蹻、天天似俺頭白中年呵、便做了大家緣何處消見放著小門楣生拆倒、夫人你且自保重便做你寸腸千斷了也、則怕女兒呵、他望帝魂歸不可招、（丑扮院公上）人間舊恨驚鴉去、天上新恩喜鵲來、稟老爺、朝報高陞、（外看報介）吏部一本奉聖旨李全作亂南安知府杜寶可陞安撫使、鎭守淮揚、即日起程、不得違誤欽此、（嘆介）夫人、朝旨催人北往女喪不便西歸、院子、請陳齋長講話、（丑）老相公有請、（末上）彭殤眞一

打覷

壑、弔、賀、每、同、堂、（見介）〔外〕陳先生、小女長謝你了、〔末〕（哭介）正是苦傷、小姐仙逝、陳最艮四顧無門、所喜老公相喬遷、陳最艮一發失所、（衆哭介）〔外〕陳先生有事商量、學生奉旨、不得久停、因小女遺言、就葬後園梅樹之下、又恐不便後官居住、已分付割取後園、起座梅花菴觀、安置小女神位、就著這石道姑焚修看守、那道姑可承應的、來、〔淨〕（跪介）老道姑添香換水、但往來看顧、還得一人、〔老旦〕就煩陳齋長爲便、〔末〕老夫人有命、情願效勞、〔老旦〕老爺須置些祭田、纔好、〔外〕有漏澤

院二頃虛田、撥資香火、〔末〕這漏澤院田、就漏在生員身上、〔淨〕咱號道姑、堪收稻穀、你是陳絕糧、漏不到你、〔末〕秀才口喫十一方、你是姑姑、我還是孤老、偏不該我收糧、〔外〕不消爭、陳先生收給陳先生、我在此數年、優待學校、〔末〕都知道便是老公相高陞舊規、有諸生遺愛記生祠碑文、到京伴禮送人爲妙、〔淨〕陳絕糧、遺愛記、是老爺遺下與令愛作表記麼、〔末〕是老公相政跡歌謠、什麼令愛、〔淨〕怎麼叫做生祠、〔末〕大祠宇塑老爺像供養、門上寫著杜公之祠、〔淨〕這等不如就塑小

姐在傍、我普同供養、外惱介狐說、但是舊規、我通不用了、

意不盡 外 陳先生、老道姑、咱女墳兒三尺暮雲高、老夫妻一言相靠、不敢望時時看守、則淸明寒食、一碗飯兒澆

魂歸冥漠魄歸泉 朱褒 使汝悠悠十八年 曹唐

一叫一回腸一斷 李白 如今重說恨綿綿 張籍

第二十一齣 謁遇

光光乍 老旦扮僧上 一領破袈裟、香山嶴裏巴、多生

多寶多菩薩、多多照證光光乍、小僧廣州府香山嶴多寶寺一箇住持、這寺原是番鬼們建造以便迎接收寶官員、茲有欽差苗爺任滿、祭寶於多寶菩薩位前、不免迎接、

掛眞兒（淨扮苗舜賓末扮通事外貼扮皂卒丑扮番鬼上）半壁天南開海汊、向眞珠窟裏排衙（僧接介）（合）廣利神王、善財天女、聽梵放海潮音下、（淨）銅柱珠崖道路難、伏波橫海舊登壇、越人自貢珊瑚樹。漢使何勞獬豸冠。自家欽差識寶使臣苗舜賓便是、三年任

滿、例當祭賽多寶菩薩、通事那裡、（末見介）（丑見介）伽剌喇、（老旦見介）（淨）叫通事分付番回獻寶、（末）俱已陳設、（淨起看寶介）奇哉寶也、眞乃磊落山川、精熒日月、多寶寺不虛名矣、看香、（內鳴鐘淨禮拜介）

亭前柳（淨）三寶唱三多、七寶妙無過、莊嚴成世界、光彩遍娑婆、甚多功德無邊闊、（合）領拜南無多得寶、寶多羅、多羅、（淨）和尚、替番回海商祝贊一番、

前腔（老旦）大海寶藏多、船舫遇風波、商人持重寶、險路怕經過、刹那念彼觀音脫、（合前）

追琢

掛眞兒【生上】望長安西日下、偏吾生海角天涯、愛寶的喇嘛、抽珠。的佛法。滑琉璃兩下難拿、自笑柳夢梅、一貧無賴、棄家而遊、幸遇欽差寺中祭寶、托詞進見、儻言語中間、可以打動、得其振援、亦未可知、【見外介】【生】煩大哥通報一聲、廣州府學生員柳夢梅、來求看寶、【報介】【淨】朝廷禁物、那許人觀、旣係斯文、權請相見、【見介】【生】南海開珠殿、【淨】西方掩玉門、【生】剖懷俟知已、【淨】照乘接賢人、敢問秀才以何至此、【生】小生貧苦無聊、聞得老大人在此賽寶、願求一觀、以開懷抱、【淨笑】

【介】旣逢南土之珍、何惜西崑之秘、請試一觀、【淨引生】看寶介【生】明珠美玉、小生見而知之、其間數種、未委何名、煩老大人一一指教、

駐雲飛【淨】這是星漢神沙。這是煑海金丹和鐵樹花。少什麼貓眼精光射。母碌通明差。嗏這是靺鞨柳金芽。這是溫涼玉斝。這是吸月的蟾蜍和陽燧氷盤化。【生】我廣南有明月珠、珊瑚樹、【淨】徑寸明珠等讓他。便是幾尺珊瑚碎了他。【生】小生不遊大方之門、何因覩此、

稍帶

穩貼

前腔天地精華偏出在番回到帝子家稟問老大人
這寶來路多遠（淨）有遠三萬里的至少也有一萬多
程（生）這般遠可是飛來走來（淨笑介）那有飛走而至
之理都因朝廷重價購求自來貢獻（生嘆介）老大人
這寶物蠢爾無知三萬里之外尚然無足而至生員
柳夢梅滿胷奇異到長安三千里之近倒無一人購
取有脚不能飛他重價高懸下那市舶能姦詐嗏淚
把寶船擡（淨）疑惑這寶物欠真麼（生）老大人便是真
飢不可食寒不可衣看他似虛舟飄瓦（淨）依秀才說

何爲真寶（生）不欺小生到是箇真正獻世寶我若載
寶而朝世上應無價（淨笑介）則怕朝廷之上這樣獻
世寶也多著（生）但獻寶龍宮笑殺他便鬬寶臨潼也
賽得他（淨）這等便好獻與聖天子了（生）寒儒薄相要
伺候官府尚不能勾怎見的聖天子（淨）你不知到是
聖天子好見（生）則三千里路資難處（淨）一發不難古
人黃金贈壯士我將衙門常例銀兩助君遠行（生）果
爾小生無父母妻子之累就此拜辭（淨）左右取書儀
看酒（丑上）廣南愛喫荔枝酒直北偏飛榆莢錢酒到

書儀在此、〔淨〕路費先生收下、〔生〕謝了、〔淨〕送酒介、

【三學士】〔淨〕你帶徽醮走出這香山鑄、向長安有路榮華、〔生〕無過獻寶當今駕、撒去收來再似他、〔合〕騾金鞭及早把荷衣掛、望歸來錦上花、

【前腔】〔生〕則怕呵、、、、重瞳有眼蒼天瞎、似波斯賞鑒無差、〔淨〕由來寶色無眞假、只在淘金的會揀沙、〔合前〕〔生〕告行了、

【尾聲】你贈壯士黃金氣色佳、〔淨〕一杯酒酸寒奮發、則願的你呵、寶氣沖天海上槎、

烏紗巾上是靑天 司空圖　俊骨英才氣儼然 劉長卿

聞道金門堪濟世 張南史　臨行贈汝繞朝鞭 李白

第二十二齣　旅寄

【搗練子】〔生〕傘袱病容上　人出路、鳥離巢、〔內〕風聲介　攪天風雪夢牢騷、這幾日精神寒凍倒、香山嶴裏打包來、三水船兒到岸開、要寄鄉心値寒歲、嶺南南上半枝梅、我柳夢梅秋風拜別中郎、因循親友辭餞離船過嶺、早是暮冬、不隄防嶺北風嚴、感了寒疾、又無掃興而回之理、一天風雪、望見南安、好苦也、

山坡羊【生】樹槎牙餓鳶驚叫嶺迢遙病寃孤弔破頭巾雹打風篩透衣單傘做張兒哨路斜抄急沒箇店兒捎雪兒呵偏則把白面書生奚落怎生冰凌斷橋步高低蹬著好了有一株柳䣛將過去方便處柳跎腰【扶柳過介】虛嚣儘枯楊命一條蹊蹺滑喇沙跌一交【跌介】

步步嬌【末上】俺是箇臥雪先生沒煩惱背上驢兒笑心知第五橋那裡開年有齋村學【生作哎呀介】【末】怎生來人怨語聲高【看介】呀甚城南破瓦窰閃下箇精

寒料【生】救人救人【末】我陳最良為求館衝寒到此彩頭兒恰過著弔水之人且由他去【生】又叫介救人【末】聽說救人那裡不是積福處俺試問他【問介】你是何等之人失脚在此【生】俺是讀書之人【末】委是讀書之人待俺扶起你來【末扶生相跌諢介】【末】請問何方至此

風入松【生】五羊城一葉過南部柳夢梅來獻寶【末】有何寶貨【生】我孤身取試長安道犯嚴寒少衾單病了沒揣的逗著斷橋溪道險跌折柳郎腰【末】你自揣高

稍帶冰絲館云堪輿家有倒地文峰之說針線一過洽然

會眞記以惠明取雄此以冥判發想而閎縱過其萬倍

中的、方可去受這等辛苦、生不瞞說、小生是箇擎天柱、架海梁、末笑介却怎生凍折了擎天柱、撲倒了紫金梁、這也罷了、老夫頗諳醫理、邊近有梅花觀、權將息度歲而行、

前腔末尾生般、抱柱正題橋、做、倒地文星佳兆。論、草包似俺堪調藥、暫將息梅花觀好、生此去多遠、末指介看一樹雪垂垂如笑、墻直上繡旛飄、生這等望先生引進、

三十無家作路人薛據 與君相見卽相親王維
華陽洞裏仙壇上白居易 似近東風別有因羅隱

第二十三齣 冥判

北點絳唇淨扮判官丑扮鬼持筆簿上十地宣差、一天封拜、閻浮界、陽世栽埋、又把俺這裏門桯邁、自家十地閻羅王殿下一箇胡判官是也、原有十位殿下、因陽世趙大郎家和那金朝爭占江山、損折衆生、十停去了一停、因此玉皇上帝、照見人民稀少、欽奉裁減事例、九州九箇殿下、單減了俺十殿下之位、印無歸著、玉帝可憐見下官正直聰明、著權管十地獄印

一幅橫披掛
下用水墨大
斧劈皴
冰絲館云落
迦山上舊本
有那字今增
注于旁
快雨堂云梵
典稱落迦又
作那落迦華

信今日走馬到任、鬼卒夜叉兩傍刀劍、非同容易也、

丑捧筆介新官到任、都要這筆判刑名、押花字、請新官喝采他一番、淨看筆介鬼使、捧了這筆、好不干係也、

混江龍 淨這筆架在落迦山外。（那）肉蓮花高聳案前排。捧的是功曹令史識字當該。丑筆管兒、淨筆管兒、是手想骨。腳想骨。竹筒般剉的圓滴溜。丑筆毫、淨筆毫呵、是牛頭鬚夜叉髮鐵絲兒揉定赤支毸。丑判爺上的選哩、淨這筆頭公是遮須國選的人才。丑有甚名

言地獄也與華嚴經補怛洛伽山迥異

冰絲館云沒衙門三字沉痛抵一篇藍田縣丞廳壁記

冰絲館加評不專一能怪怪奇奇

號、（淨）這管城子。在夜郎城受了封拜。（丑）判爺與哩、（淨
作笑舞介）嘯一聲支兀另漢鍾馗其冠不正。舞一回
蘇喇沙斗河魁近墨者黑。（丑）喜哩、（淨）喜時節淶河橋、
題筆兒要去。（丑）悶呵、（淨）悶時節鬼門關投筆歸來。（丑）
判爺可上榜來、（淨）俺也會考神祇。朔望旦名題天榜。
（丑）可會書來、（淨）攝星辰、井鬼宿。俺可也文會書齋。（丑）
判爺高才、（淨）倣弗迸鬼仙才。白玉樓摩空作賦。陪得
過風月主。芙蓉城遇晚書懷。便寫不盡四大洲轉輪
日月。也差的著五瘟使號令風雷。（丑）判爺見有地分、

（淨）有地分。則合北斗司。閻浮殿立俺邊傍沒衙門。却
怎生東嶽觀城隍廟也塑人左側。（丑）讓誰、（淨）便百里
城高捧手讓大菩薩好相莊嚴乘坐位。（丑）惱誰、（淨）怎
三尺土低分氣對小鬼卒清奇古怪立基階。（丑）紗帽
古氣些、（淨）但站脚一管筆一本簿塵泥軒冕。（丑）筆乾
了、（淨）要潤筆十錠金十貫鈔紙陌錢財。（丑）點鬼簿在
此、（淨）則見沒掂三展花分魚尾冊無賞一掛日子虎
頭牌。眞乃是鬼董狐落了款春秋傳某年某月某日
下崩薨葬卒大注脚。假如他支祈獸上了樣把禹王

以下天風海
濤收帆不住

鼎各山各水各路上魍魎魑魅細分腮（丑）待俺磨墨、
（淨）看他子時硯乞乞察察烏龍蘸眼顯精神（丑）雞唱
了、（淨）聽丁字牌冬冬登登金雞剪夢追魂鬼（丑）稟爺
點卷、（淨）但點上格子眼串出四萬八千三界有漏人
名烏星砲粲怎按下筆尖頭插入一百四十二重無
間地獄鐵樹花開（丑）大押花（淨）哎也押花字止不過
發落簿剉燒舂磨一靈兒（丑）少一箇請字（淨）登請書
左則是那虛無堂癱瘓蟲膈四正客（丑）再起稱竿來
衆卒應介（淨）髮稱竿看業重身輕衡石程書秦獄吏

內作哎喲叫饒也苦也介（丑）隔壁九殿下拷鬼、（淨）肉
鼓吹聽神啼鬼哭毛鉗刀筆漢喬才這時節呵、你便
是沒關節包待制人厭其笑（內哭介）恁風景誰聽的
無梏㭬顏修文子哭之哀（丑）判爺害怕哩、（淨）惱介哎、
樓炭經是俺六科五判刀花樹是俺九棘三槐臉婁
搜風髯趄趄肴剔豎電目崖崖少不得中書鬼考錄
事神差比著陽世那金州判銀府判銅司判鐵院判
白虎臨官一樣價打貼刑名催伍作實則俺陰府裏
注濕生化生准胎生照卵生青蠅報赦十分的磊

鶯

齊功德轉三堦。威凛凛人間掌命。顫巍巍天上消災。叫掌案的、這簿上開除都也明白、還有幾宗人犯、應該發落了、[貼扮吏上]人間勾令史地下列功曹稟爺因缺了殿下地獄空虛三年、則有枉死城中輕罪男子四名、趙大錢十五孫心李猴兒女囚一名杜麗娘、[末]經發落、[淨]先取男犯四名、[生末外老旦扮四犯丑押上][丑]男犯帶到[淨]點名[介]趙大有何罪業、脫在枉死城[生]鬼犯沒甚罪、生前喜歌唱些、[淨]一邊去、叫錢十五、[末]鬼犯無罪、則是做了一箇小小房兒、沉香泥

壁、[淨]一邊去、叫孫心、[老旦]鬼犯些小年紀好使些花粉錢、[淨]叫李猴兒、[外]鬼犯是有些罪、好男風[丑]是眞便在地獄裏還勾上這小孫兒、[淨惱介]誰叫你插嘴、起去伺候、做寫簿[介]叫鬼犯聽發落、[四犯同跪介][淨]俺初權印、且不用刑、赦你們卵生去罷、[外]鬼犯們稟問恩爺、這箇卵是甚麼卵、若是回回卵、又生在邊方去了、[淨]唗、還想人身、向蛋殼裏走去[四犯泣介]哎、被人宰了、[淨]也罷、不教陽間宰喫你、趙大喜歌唱貶做黃鶯兒、[生]好了、做鶯鶯小姐去、[淨]錢十五住香泥房

此與對象同想。只。是。顛。題。不。放。
氷絲館去千古奇文不外顛題二字
位字當改箇字

子、也罷、准你去燕窠裏受用、做箇小小燕兒、【末】恰好做飛燕、娘娘哩、【淨】孫心使花粉錢做箇蝴蝶兒、【外】鬼犯便和孫心同做蝴蝶去、【淨】你是那好男風的李猴、著你做蜜蜂兒去、屁窟裏長拖一箇針、【外】哎喲叫俺釘誰去、【淨】四「位」蟲兒聽分付、

油葫蘆蝴蝶呵、你粉版花衣勝剪裁。蜂兒呵、你忒利害甜口兒。咋著細腰搓。燕兒呵、斬香泥弄影鉤簾內。鶯兒呵、溜笙歌警夢紗窗外。恰好箇花間四友無拘礙。則陽世裏孩子們輕薄、怕彈珠兒打的呆扇梢兒

撲的壞。不枉了你宜題入畫高人愛。則教你翅挪兒展將春色鬧場來。【外】俺做蜂兒的不來、再來釘腫你箇判官腦、【淨】討打、【外】可憐見小性命、【淨】罷了、順風兒放去、快走快走、【淨】噀氣介四人做各色飛下、【淨】做向鬼門噓氣吹聲介【丑】帶旦上、天台有路難逢我、地獄無情欲恨誰、女鬼兒、【淨】擡頭背介、這女鬼到有幾分顏色、

天下樂猛見了蕩地驚天女俊才、哈也麼哈來俺裏、來【旦】叫苦介【淨】血盆中叫苦觀自在【丑】耳語介【判】爺

權妝做箇後房夫人、淨哇、有天條擅用四婦者斬、則你那、小鬼頭狐亂篩、俺判官頭何處買、旦叫哎介淨回身是不曾見他粉油頭忒弄色、叫那女鬼上來、

那吒令、瞧了你潤風風粉腮到花臺酒臺溜些些短釵過歌臺舞臺笑微微美懷住秦臺楚臺因甚的病患來是誰家嫡支派這顏色不像似在泉臺、旦女囚不曾過人家也不曾飲酒、是這般顏色、則爲在南安府後花園梅樹之下、夢見一秀才、折柳一枝、要奴題咏、留連婉轉、甚是多情、夢醒來沉吟、題詩一首、他年得傍蟾宮客、不在梅邊在柳邊、爲此感傷壞了一命、

淨謊也、那有一夢而亡之理、

鵲踏枝、一溜溜女嬰孩夢兒裏能寧耐、誰曾掛圓夢招牌、誰和你拆字道白、哈也麼哈、那秀才何在、夢冤中會見誰來、旦不曾見誰、則見朵花兒閃下來好一驚、淨喚取南安府後花園花神勘問、丑叫介末扮花神上、紅雨數番春落魂山香一曲女消魂老判大人請了、舉手介淨花神、這女鬼說是後花園一夢爲花飛驚閃而亡、可是、末是也、他與秀才夢的纏綿偶爾

信口恣情不
必盡確總之
英雄欺人
映雨堂云後
庭花增句每
句五字卽六
字亦可淨每
句皆應復唱
花名方合宮
譜舊刻從省
今姑仍之

落花驚醒、這女子慕色而亡、淨敢便是你花神假充。
秀才迷誤人家女子。末你說俺著甚迷他來、淨你說
俺陰司裏不知道呵、
後庭花滾但尋常春自在恁司花忒弄乖、眨眼兒偷
元氣豔樓臺、克性子費春工淹酒債、恰好九分態、你
要做十分顏色、數著你那狐弄的花色兒來、末我便
數來碧桃花、淨紅梨花、末金
錢花、淨下的財、末繡毬花、淨結得綵、末芍藥花、淨心
事諧、末木筆花、淨寫明白、末水菱花、淨宜鏡臺、末玉

簪花、淨堪插戴、末薔薇花、淨露渲腮、末臘梅花、淨春
點額、末剪春花、淨羅袂裁、末水仙花、淨把綾襪踹、末
燈籠花、淨紅影篩、末酴醾花、淨春醉態、末金盞花、淨
做合巹杯。末錦帶花、淨做裙褶帶、末合歡花、淨頭懶
擡、末楊柳花、淨腰恁擺、末凌霄花、淨陽壯的咍、末辣
椒花、淨把陰熱窄、末含笑花、淨情要來、末紅葵花、淨
日得他愛、末女蘿花、淨纏的歪、末紫薇花、淨癢的怪、（罪業）
末宜男花、淨人美懷、末丁香花、淨結半躧、末荳蔻花、
淨含著胎、末奶子花、淨摸著奶、末梔子花、淨知趣乖、

末柰子花、淨恣情奈、末枳殼花、淨好處揩、末海棠花、淨春困怠、末孩兒花、淨呆笑孩、末姊妹花、淨偏妬色、末水紅花、淨了不開、末瑞香花、淨誰要採、末旱蓮花、淨憐再來、末石榴花、淨可留得在、幾椿兒你自猜、哎、把天公無計策、你道爲甚麼流動了女裙釵、剗地裏牡丹亭、又把他杜鵑花魂魄灑、末這花色花樣都是天公定下來的、小神不過遵奉欽依、豈有故意勾人之理、且看多少女色那有玩花而亡、淨你說自來女色、沒有玩花而亡數你聽著、

寄生艸花把青春賣、花生錦繡災、有一箇夜舒蓮扯不住留仙帶。一箇海棠絲剪不斷香囊怪。一箇瑞香風趕不上非烟在。你道花容那箇玩花亡。可不道你這花神罪業隨花敗、末花神知罪、今後再不開花了、淨花神俺這裡已發落過花間四友、付你收管這女囚慕色而亡、也貶在燕鶯隊裏去罷、末稟老判、此女乃犯夢中之罪、如曉風殘月、且他父親爲官淸正、單生一女、可以耽饒、淨父親是何人、旦父親杜寶知府、今陞淮揚總制之職、淨千金小姐、也罷、杜老先生。

纔得人身就來了

都從莊列幻接

少不得這段

取痛

分上、當奏過天庭、再行議處、(旦)就。煩。恩。官。替。女。犯。查。查。怎生有此傷感之事。(淨)這事情註在斷腸簿上。(旦)勞。再。查。女。犯。的。丈。夫。還。是。姓。柳。姓。梅。(淨)取婚姻簿查來、(作背查介)是有箇柳夢梅乃新科狀元也妻杜麗娘前係幽歡後成明配、相會在梅花觀中、不可洩漏、(回介)有此人和你姻緣之分、我今放你出了枉死城、隨。風。遊。戲。跟。尋。此。人。(末)杜小姐、拜了老判、(旦叩頭介)拜謝恩官、重生父母、則俺那爹娘在揚州、可能勾一見、(淨)使得、

么篇 他陽祿還長在、陰司數未該、噤烟花一種春無賴、近柳梅一處情無外、望椿萱一帶天無礙、則這水玻璃堆起望鄉臺。可哨見紙銅錢夜市揚州界、花神、可引他望鄉臺隨意觀玩、(旦隨末登臺望揚州哭介)那是揚州俺爹爹奶奶、呵待飛將去、(末扯住介)還不是你去的時節、(淨)下來聽分付、功曹、給一紙遊魂路引去、花神、休壞了他的肉身也、(旦)謝恩官、

賺尾(淨)欲火近乾柴且留的青山在不可被雨打風吹日曬、則許你傍月依星將天地拜、一任你魂魄來

就用本色氷絲館云前半布置花間四友全爲此二語

回脫了獄省的勾牌接著活免的投胎那花間四友你差排叫鶯窺燕猜倩蜂媒蝶採敢守的那破棺星圓夢那人來（淨下）（末）小姐回後花園去來

醉斜烏帽髮如絲許渾　盡日靈風不滿旗李商隱
年年檢點人間事羅鄴　爲待蕭何作判司元稹

第二十四齣　拾畫

【金瓏璁】（生上）驚春誰似我客途中都不問其他風吹綻蒲桃褐雨淋殷杏子羅今日晴和晒衾單兀自有殘雲涴賑賑梨花春院香一年愁事費商量不知柳

椳棒打來氷絲館云唐詩記得玉人春病較較差也三婦改輕謬甚

彷彿照會不盡用

思能多少、打疊腰肢、鬭沈郎、小生臥病梅花觀中、喜得陳友知醫、調理痊可、則這幾日間、春懷鬱悶、何處忘憂、早是老姑姑到也、

一落索【淨上】無奈女冠何識的書生破、知他何處夢兒多、每日價欠伸千箇。秀才安穩、【生】日來病患較些、悶坐不過、偌大梅花觀、少甚園亭消遣、【淨】此後有花園一座、雖然亭榭荒蕪、頗有寒花點綴、則留散悶、不許傷心、【生】怎的得傷心也、【淨作嘆介】是這般說、你自去遊便了、從西廊轉畫墻而去、百步之外、便是籬門、

三里之遙、都爲池館、你盡情玩賞、竟日消停、不索老身陪去也、名園隨客到、幽恨少人知、【下】【生】既有後花園、就此迤邐而去、【行介】這是西廊下了、好箇蔥翠的籬門、倒了半架、【嘆介】【集唐】憑闌仍是玉闌干、王初四面墻垣不忍看、張隱想得當時好風月、韋莊萬條烟罩一時乾、李山甫【到介】呀、偌大一箇園子也、

好事近【生】則見風月暗消磨、畫墻西正南側左、【跌介】蒼苔滑擦、倚逗著斷垣低垜、因何蝴蝶門兒落合、【原來以前遊客頗盛、題名在竹林之上、】客來過年月偏

冰絲館云一往蒼瘦之致讀之但覺幽芳襲人

快雨堂云筆力透紙背幾層

多刻畫盡琅玕千箇咳早則是寒花遶砌荒艸成窠怪哉一箇梅花觀女冠之流怎起的這座大園子好疑惑也便是這灣流水呵

錦纏道（生）門兒鎖放著這武陵源一座恁好處教頹墮斷烟中見水閣摧殘畫船拋躲冷鞦韆尚掛下裙拖又不是曾經兵火似這般狼籍呵敢斷腸人遠傷心事多待不關情麼恰湖山石畔留著你打磨陀好一座山子哩（窺介）呀就裏一箇小匣兒待把左側一峰靠著看是何物（作石倒介）呀是箇檀匣兒（開匣看畫介）呀一幅觀世音喜相善哉善哉待小生捧到書館頂禮供養強如埋在此中

千秋歲（捧匣回介）小嵯峨壓的旃檀合便做了好相觀音俏樓閣片石峯前那片石峯前多則是飛來石三生因果請將去鑪烟上過頭納地添燈火照的他慈悲我俺這裏盡情供養他於意云何（到介）到了觀中且安置閣兒上擇日展禮（淨上）柳相公多早了

尾聲（生）姑姑一生爲客恨情多過冷澹園林日午矬老姑姑你道不許傷心你爲俺再尋一箇定不傷心

照曾

何處可

僻居雖愛近林泉伍喬 早是傷春夢雨天韋莊

何處邈將歸畫府譚用之 三峯花半碧堂懸錢起

第二十五齣 憶女

玩仙燈(貼上)觀物懷人人去物華銷盡道的箇仙果難成名花易隕(嘆介)恨蘭昌殉葬無因收拾起燭灰香燼自家杜府春香是也跟隨公相夫人到揚州小姐去世將次三年俺看老夫人那一日不作念那一日不悲啼縱然老公相暫時寬解怎散眞愁莫說老夫人便是俺春香想起小姐平常恩養病裏言詞好不傷心也今乃小姐生忌之辰老夫人分付香燈遙望南安澆奠早已安排夫人有請

前腔(老旦上)地老天昏沒處把老娘安頓思量起舉目無親招魂有盡(哭介)我的麗娘兒也在天涯老命難存割斷的肝腸寸寸

(蘇幕遮)嶺雲沉關樹杳(貼)春思無憑斷送人年少(老旦)子母千迴腸斷繞繡夾書囊尚帶餘香裊(貼)瑞烟清銀燭皎(老旦)綉佛靈辰血淚風前禱(哭介)(合)萬里招魂魂可到則願的人天

[覓催老淚]

淨處超生早、〔老旦〕春香自從小姐亡後、俺皮骨空存、肝腸痛盡、但見他讀殘書本、繡罷花枝、斷粉零香、餘簪棄履、觸處無非淚眼、見之總是傷心、算來一去三[走馬對]年、又是生辰之日、心香奉佛、淚燭澆天、分付安排想已齊備、〔貼〕夫人、就此望空頂禮、〔老旦拜介〕〔集唐〕微香冉冉淚涓涓、（李商隱）酒滴香灰似去年、（陸龜蒙）四尺孤墳何處是、（許渾）南方歸去再生天、（沈佺期）杜安撫之妻甄氏、敬爲亡女生辰、頂禮佛爺、願得杜麗娘皈依佛力、早早生天、〔起介〕春香禱告了、佛王不免將此茶飯澆奠小姐、

香羅帶〔老旦〕麗娘何處墳、問天難問、夢中相見得眼兒昏、則聽的叫娘的聲和韻也、驚跳起猛回身、則見陰風幾陣殘燈暈、〔哭介〕俺的麗娘人兒也、你怎抛下、的萬里無兒白髮親、

前腔〔貼拜介〕名香叩玉眞、受恩無盡、賞春香還是你舊羅裙、〔起介〕小姐臨去之時、分付春香長叫喚一聲、今日叫他小小姐小小姐呵、叫的一聲聲、小姐可曾聞也、〔老旦貼哭介〕〔合〕想他那情切、那傷神、恨天天生割斷、俺娘兒直恁忍、〔貼回介〕俺的小姐人兒也、你可還向

補遺

抽盡繭絲、獨揮月斧、從無討有、從空換實、無一字不繫笑啼、尋夢玩眞是牡丹心腎坎離之會、而玩眞懸鑿步虛、幾於盜神洩氣、更

舊宅裏重生何處身、（貼跪介）稟老夫人、人到中年、不堪哀毀、小姐難以生易死、夫人無以死傷生、且自調養尊年、與老相公同享富貴、（老旦哭介）春香、你可知老相公年來因少男兒、常有娶小之意、止因小姐承歡膝下、百事因循、如今小姐喪亡、家門無托、俺與老相公悶懷相對、何以爲情、天呵、（貼）老夫人、春香愚不諫賢、依夫人所言、旣然老相公有娶小之意、不如順他、收下一房、生子爲便、（老旦）春香、你見人家庶出之子、可如親生、（貼）春香但蒙夫人收養、尚且非親是親、夫人肯將庶出看成、豈不無子有子、（老旦）好話好話、

曾伴殘娥到女兒　徐凝　白楊今日幾人悲　杜甫
須知此恨消難得　温庭筠　淚滴寒塘蕙艸時　康氏

第二十六齣　玩眞

（生上）芭蕉葉上雨難留、芍藥稍頭風欲收、畫意無明偏著眼、春光有路暗擡頭、小生客中孤悶、閒遊後園、湖山之下、拾得一軸小畫、似是觀音大士、寶匣莊嚴、風雨淹旬、未能展視、且喜今日晴和、瞻禮一會、（開匣展畫介）

覺真宰難爲

字字逼駿

玉茗堂還魂記卷上

【黃鶯兒】秋影掛銀河。展天身。自在波。諸般好相能停妥。他眞身在補陀。咱、海南人遇他。（想介）甚威光不上蓮花座。再延俄。怎湘裙直下。一對小凌波。是觀音、怎一對小脚兒。待俺端詳一會、

【二郎神】慢些兒、箇畫圖中影兒則度。著了、敢誰書館中弔下幅小嫦娥。畫的這傳停倭妥。是嫦娥、一發該頂禮了。問嫦娥折桂人有我。可是嫦娥、怎影兒外沒半朶祥雲托。樹皴兒又不似桂叢花瑣。不是觀音、又不是嫦娥、人間那得有此、成驚愕。似曾相識向俺心

又自畫處尚可推敲

頭摸。待俺瞧、是畫工臨的、還是美人自手描的、

【鶯啼序】問丹青何處嬌娥片月影光生豪末似恁般一箇人兒早見了百花低綵總天然意態難摹誰近得把春雲淡破想來畫工怎能到此多敢他自己能描會脫且住細觀他幀首之上小字數行【看介】呀原來絕句一首【念介】近覩分明似儼然遠觀自在若飛仙他年得傍蟾宮客不在梅邊在柳邊呀此乃人間女子行樂圖也何言不在梅邊在柳邊奇哉怪事哩、

【集賢賓】望關山梅嶺天一抹怎知俺柳夢梅過得傍

蟾宮知怎麼待喜呵、端詳停和、俺姓名兒直麼費嫦娥定奪打麼訶敢則是夢魂中真箇好不回盼小生

妙

【黃鶯兒】空影落纖蛾動春蕉散綺羅春心只在眉間鎖春山翠拖春烟淡和相看四目誰輕可恁橫波來迴顧影不住的眼兒睃却怎半枝青梅在手活似提掇小生一般

從受想行識構詞如何不高妙

【啼鶯序】他青梅在手詩細哦、逗春心一點蹉跎、小生待畫餅充饑小姐似望梅止渴小姐小姐未曾開半點么荷含笑處朱脣淡抹暈情多如愁欲語只少口

妙令

妙妙

活寃家也

氣兒呵小娘子畫似崔徽詩如蘇蕙行書逼眞衛夫人小生雖則典雅怎到得這小娘子、脉地相逢、不免步韻一首、【題介】丹青妙處却天然、不是天仙即地仙、欲傍蟾宮人近遠恰些春在柳梅邊

【簇御林】他能綽斡會寫作秀入江山人唱和待小生狠狠叫他幾聲美人美人姐姐姐姐向眞眞啼血你知麼叫的你噴嚏似天花唾動凌波盈盈欲下不見影兒那、咳俺孤單在此少不得將小娘子畫像早晚玩之拜之叫之贊之

【尾聲】拾的箇人兒先慶賀敢柳和梅有些瓜葛小姐、小姐則怕你有影無形看殺我

不須一向恨丹青白居易　堪把長懸在戶庭伍喬
惆悵題詩柳中隱司空圖　添成春醉轉難醒章碣

第二十七齣　魂遊

【掛眞兒】淨扮石道姑上】臺殿重重春色上、碧雕闌映帶銀塘撲地香騰歸天磬響細展度人經藏【集唐】幾年紅粉委黃泥、雍裕之　十二峯頭月欲低、李涉　折得玫瑰花一朵、李建勛　東風吹上窈娘堤、羅虬　俺老道姑看守杜小姐

玉茗堂還䰟記卷上

墳庵三年之上、擇取吉日替他開設道場、超生玉界、早已門外豎立招旛、看有何人來到、

【太平令】【貼】扮小道姑丑扮徒弟【上】嶺路江鄉一片彩雲扶月上、羽衣青鳥閒來往、【丑】天晚梅花觀歇了罷、【貼】南枝外有鵲爐香、小道姑乃部陽郡碧雲菴主是也、遊方到此、見他莊嚴旛引、榜示道場、恰好登壇、共成好事、【見介】【集唐】【貼】大羅天上柳烟含、覺機【淨】毛節朱旛倚石龕、王淮【貼】見向溪山求住處、韓愈【淨】半垂檀袖學通參、文光小姑姑從何而至、【貼】從部陽郡來、暫此借宿、

帶菼

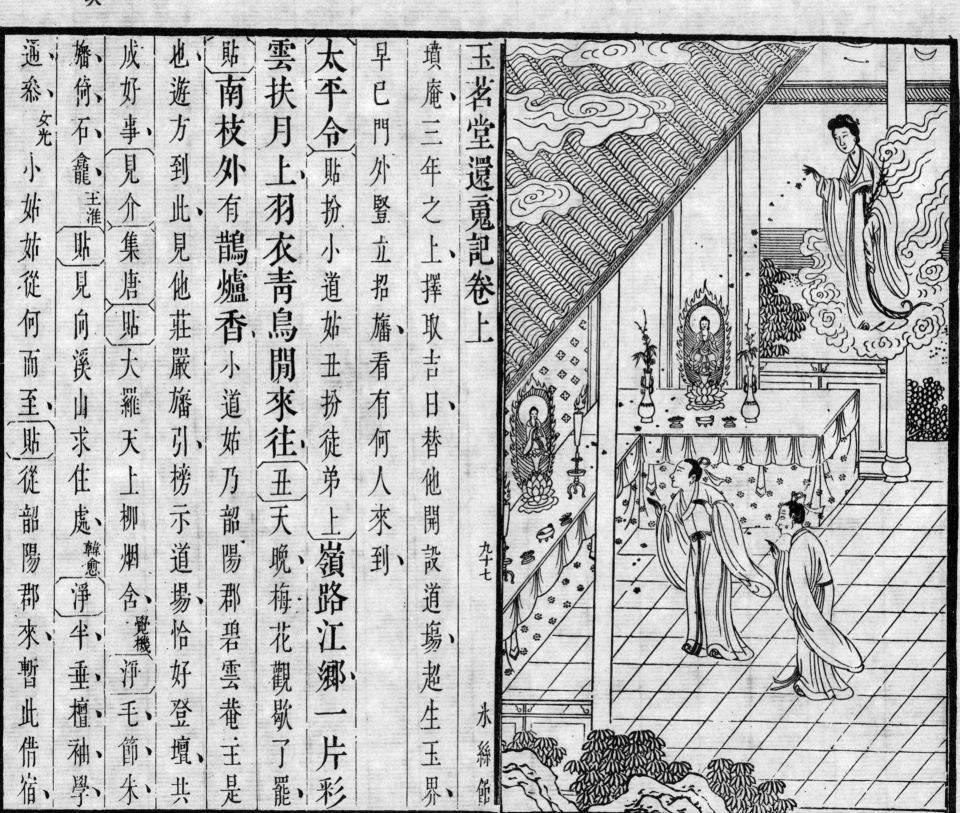

妙

只是一絲嬝娜

快雨堂云空花見梵典瓶兒空相爲句俗誤相作像三婦本因將瓶兒空作一讀文意乖陋

淨西頭房兒、有箇嶺南柳相公養病、則下廂房可矣、貼多謝了、敢問今夕道場爲何而設、淨嘆介則爲杜衙小姐去三年、待與招魂上九天、貼這等呵、清醮壇場今夜好、敢將香火助眞仙、淨這等好、內鳴鐘鼓介衆請老師兄拈香、淨南斗注生眞妃、東嶽受生夫人殿下、拈香拜介

孝南歌鑽新火點妙香、虔誠爲因杜麗娘、衆拜介香靄繡旛幢、細樂風微颺、仙眞呵、威光無量、把一點香魂早度人天上、怕未盡凡心、他再作人身想做兒郎、

做女郎、願他永成雙、再休似少年亡、淨想起小姐生前愛花而亡、今日折得殘梅、安在淨瓶供養、拜神主介

前腔瓶兒淨、春凍陽、殘梅半枝紅蠟裝、小姐呵、你香夢與誰行、精神忒孤往、衆老師兄你說淨瓶像什麼、殘梅像什麼、淨這瓶兒空相、世界包藏身似殘梅樣、有水無根、尚作餘香想、衆小姐你受此供呵、教你肌骨涼、魂鬼香、肯回陽、再住這梅花帳、內風響介淨奇哉怪哉、冷率率一陣風打旋也、內鳴鐘介衆這晚齋

上不合宮譜矣

字字玉貴

高才

闖。肆。

時分、且喫了齋、收拾道場、正是曉鏡抛殘無定色、晚鐘敲斷步虛聲、（衆下）

水紅花（魂旦作鬼聲掩袖上）則下得望、鄉臺如夢、悄魂靈夜熒熒墓門人靜（內犬吠旦驚介）原來是賺花陰小犬吠春星冷冥冥梨花春影、呀、轉過牡丹亭芍藥闌都荒廢盡、爹娘去了三年也、（泣介）傷感煞斷垣荒逕、望中何處也鬼燈青。（聽介）兀的有人聲也囉（添字昭君怨）昔日千金小姐今日水流花謝這淹淹惜惜。杜陵花太虧他。○生性獨行無那此夜星前一箇

生生死死爲情多奈情何。奴家杜麗娘女魂是也、只爲癡情慕色、一夢而亡、湊的十殿閻君奉旨裁革無人發遣、女監三年、喜遇老判、哀憐放假、趂此月明風細、隨喜一番、呀、這是書齋後園、怎做了梅花菴觀、好傷感人也、

小桃紅咱一似斷腸人和夢醉初醒誰償咱殘生命也。雖則鬼叢中姊妹不同行窣地的把羅衣整這影隨形風沉露雲暗斗月勾星都是我魂遊境也到的這花影初更（內作丁冬聲旦驚介）一霎價心兒瘆（原

冰絲館加評
投折驪龍角

快雨堂云姑
姑們這般至
誠句諸本皆
以曲作白今
依鈕譜訂正
并增看字

快雨堂云按
舊譜五韻美
一名醉歸遲
蛻演處如筍
層漸漸
冰絲館云消

來是弄風鈴臺殿冬丁好一陣香也

下山虎我則見香烟隱隱燈火熒熒呀鋪了些雲霞蹬不由人打箇䜺拜是那位神靈原來是東嶽夫人南斗眞妃作稽首介仙眞仙眞杜麗娘鬼䰟稽首魅魅地投明証明好替俺朗朗的超生注生再看這靑詞上原來就是石道姑在此住持一壇齋意度俺生天道姑道姑我可也生受你呵再瞧這淨瓶中咳便是俺那塚上殘梅哩梅花呵似俺杜麗娘半開而謝好傷情也則爲這斷鼓零鐘金字經叩動俺黃粱境

俺向這地坼裏梅根迸幾程透出些兒影泣介看姑姑們這般至誠若不留些蹤影怎顯的俺鑒知他就將梅花散在經臺之上散花介抵甚麼一點香銷萬點情想起爹娘何處春香何處也呀那邊廂有沉吟叫喚之聲聽是怎來內叫介俺的姐姐呵俺的美人呵旦驚介誰叫誰也再聽內又叫介旦嘆介

醉歸遲生和死孤寒命有情人叫不出情人應爲什麼不唱出你可人名姓似俺孤䰟獨趂待誰來叫喚俺一聲不分明無倒斷再消停內又叫介旦咳敢邊

停諸本誤娉婷今依玉茗堂原本更正快雨堂云舊本多失去黑蠟令牌名今依九宮補訂作文知此則茅勁不亂忽一截住

廂甚麽書生。睡夢裏語言胡哩。黑蠟令不由俺無情有情。湊著叫的人三聲兩聲冷惺忪紅淚飄零。呀、怕不是夢人兒梅卿柳卿俺記著這花亭水亭趁的這風淸月淸則這鬼宿前程盼得上三星四星待卽行尋趁、奈斗轉參橫、不敢久停呵、

尾聲（旦）爲什麽閃搖搖春殿燈（內叫介）殿上響動、（丑）虛上望介（又作風起介）（旦）一弄兒繡旛飄迴則這幾點落花風是俺杜麗娘身後影（旦作鬼聲下）（丑打照面驚叫介）師父們快來快來、（淨貼驚上）怎生大驚小怪、（丑）則這燈影熒煌、躲著瞧時、見一位女神仙、袖拂花旛、一閃而去、怕也怕也、（淨）怎生模樣、（丑打手勢介）這多高、這多大、俊臉兒、翠翹金鳳、紅裙綠襖、環珮玎璫、敢是眞仙下降、（淨）咳、這便是杜小姐生時樣子、敢是他有靈活現、（貼）呀、你看經臺之上、亂糝梅花、奇也異也、大家再祝懺他一番、

憶多嬌（衆）風滅了香月到廊閃閃屍屍䰟影兒涼花落在春宵情易傷願你早度天堂早度天堂免留滯他鄉故鄉。（貼）敢問杜小姐爲何病亡、以何緣故而來

氷絲館加圈并評警句是詞家妙總持門

妙在不說爲下案

快雨堂加圈

出現

尾聲（淨）休驚恍免問當收拾起樂器經堂你聽波兀的冷窣窣珮環風還在迴廊那邊響

心知不敢輒形相 曹唐 欲話因緣恐斷腸 天竺牧童

若使春風會人意 羅鄴 也應知有杜蘭香 羅虬

第二十八齣 幽媾

夜行船（生上）瞥下天仙何處也影空濛似月籠沙有恨徘徊無言窨約早是夕陽西下一片紅雲下太淸如花巧笑玉娉婷憑誰畫出生香面對俺偏含不語

快雨堂云香遍滿一曲於宮譜大有出入卽以爲玉茗體也可若傳會增刪徒形庸妄

氷絲館云又把二字緊接玩真來脈俗本易又爲义以就宮譜文義乖謬特甚

快雨堂云按雙珠記你藏姦賣俏我能泉在此俱與丹青小畫句法相同而與小畫又全然不似因知臨川用四字句亦非無據

倩小生自遇春容日夜想念這更闌時節破些工夫吟其珠玉玩其精神儻然夢裏相親也當春風一度（展畫玩介）呀你看美人呵神含欲雨眼注微波真乃落霞與孤鶩齊飛秋水共長天一色

（香遍滿）晚風吹下武陵溪邊一縷霞出托箇人兒風韻殺淨無瑕明牕新絳紗丹青小畫又把一幅肝腸掛小姐小姐則被你想殺俺也

（懶畫眉）輕輕怯怯一箇女嬌娃楚楚臻臻像箇宰相衙想他春心無那對菱花含情自把春容畫可想到

有箇拾翠人兒也逗著他

（二犯梧桐樹）他飛來似月華俺拾的愁天大常時夜夜對月而眠這幾夜呵幽佳嬋娟隱映的光輝殺教俺迷留亂的心嘈雜無夜無明快著他若不爲擎奇怕涴的丹青亞待抱著你影兒橫榻想來小生定是有緣也再將他詩句朗誦一番（念詩介）

（浣沙溪）拈詩話對會家柳和梅有分兒些他春心迸出湖山罅飛上烟綃萼綠華則是禮拜他便了（拈香拜介）傒倖殺對他臉暈眉痕心上搯有情人不在天

癡一通慧一通絕唱冰絲館云妙評

只管進得去冰絲館云只此一語道盡還魂記妙處

涯小生客居怎能勾姐姐風月中片時相會也
劉潑帽恨單條不惹的雙魂化做箇畫屏中倚玉蒹
葭小姐呵你耳朵兒雲鬢月侵芽可知他一些些都
聽的俺傷情話
秋夜月堪笑咱說的來如戲耍他海天秋月雲端掛
烟空翠影遙山抹只許他伴人清暇怎教人佻達
東甌令俺如念咒似說法石也要點頭天雨花怎虔
誠不降的仙娥下是不肯輕行踏內作風起生按住
畫介待留仙怕殺風兒刮粘嵌著錦邊牙怕刮損他
再尋箇高手臨他一幅兒
金蓮子閒嘖牙怎能勾他威光水月生臨榻怕有處
相逢他自家則問他許多情與春風畫意再無差再
把燈細看他一會照介
隔尾敢人世上似這天眞多則假內作風吹燈介生
好一陣冷風襲人也險些兒誤
了則索睡掩紗牕去夢他睡介魂旦上泉下長眠夢
不成一生餘得許多情魂隨月下丹青引人在風前
歎息聲妾身杜麗娘鬼魂是也爲花園一夢想念而

終、當時自畫春容、埋於太湖石下、題有他年得傍蟾宮客、不在梅邊在柳邊、誰想遊魂觀中幾晚、聽見東房之內、一箇書生高聲低叫、俺的姐姐、俺的美人、那聲音哀楚、動俺心魂、悄然驀入他房中、則見高掛起一軸小畫、細玩之、便是奴家遺下春容、後面和詩一首、觀其名字、則嶺南柳夢梅也、梅邊柳邊、豈非前定乎、因而告過了冥府判君、趁此良宵、完其前夢、想起來好苦也、

冰絲館加圈又評前亾後化情景茲茲

朝天懶 怕的是粉冷香銷泣絳紗、又到的高唐館玩

月華。猛回頭羞颯髻兒鬆。自擎拿、呀、前面是他房頭了、怕 桃源路徑行來詫、再得俄旋試認他、生睡中念詩。介他年得傍蟾宮客、不在梅邊在柳邊、我的姐姐。呵。旦聽打悲介

前腔 是他叫喚的傷情、咱、淚雨麻、把我殘詩句沒爭差。難道還未睡、呵、瞧介生又叫介旦他原來睡屏中作念猛嗟牙、省諠譁、我待敲彈翠竹牕櫳下。生作驚醒、叫、姐姐介旦悲介 待展香魂去近他。生呀、戶外敲竹之聲、是風是人、旦有人、生這咱時節有人敲、是老

姑姑送茶免勞了、旦不是、生敢是遊方的小姑姑麼、旦不是、生好怪好怪、又不是小姑姑、再有誰、待我啟門而看、生開門看介

玩仙燈呀、何處一嬌娃、豔非常使人驚詫、旦作笑閃入、生急掩門、旦斂袵整容見介、秀才萬福、生小娘子到來、敢問尊前何處、因何夤夜至此、旦秀才、你猜來、

紅納襖生莫不是莽張騫犯了你星漢槎。莫不是小梁清夜走天曹罰。旦這都是天上仙人、怎得到此、生是人家彩鳳暗隨鴉。旦搖頭介、生敢甚處裡綠楊曾

繫馬。旦不曾一面、生若不是認陶潛眼挫的花。敢則是走臨邛道數兒差。旦非差、生想是求燈的、可是你夜行無燭也。因此上待要紅袖分燈向碧紗。

前腔旦俺不爲度仙香空散花。也不爲讀書燈閒濡蠟。俺不是趙飛卿舊有瑕。也不是卓文君新守寡。秀才呵。你也曾隨蝶夢迷花下。生想介、是當初曾夢來、旦俺因此上弄鶯簧赴柳衙。若問俺粧臺何處也。不遠哩、剛則在宋玉東鄰第幾家。生作想介、是了、曾後花園轉西、夕陽時節見小娘子走動哩、旦便是了、生

家下有誰、

宜春令【旦】斜陽外、芳草涯、再無人有伶仃的爹媽、奴年二八。沒包彈風藏葉裏花、爲春歸惹動嗟呀、瞥見你風神俊雅、無他待和你剪燭臨風、西牕閒話、【生背介】奇哉奇哉、人間有此艷色、夜半無故而遇明月之珠、怎生發付、

快雨堂加圈并評驚人之句

前腔【他】驚人艷、絕世佳、閃一笑風流銀蠟、月明如乍。問今夕何年星漢槎、金釵客寒夜來家、玉天仙人間下。榻【背介】知他、知他是甚宅眷的孩兒、這迎門調法

待小生再問他、【回介】小娘子夤夜下顧小生、敢是夢也、【旦笑介】不是夢、當眞哩、還怕秀才未肯容納、【生】則怕未眞、果然美人見愛、小生喜出望外、何敢卻乎、【旦】這等眞箇盼著你了、

快雨堂云牌名全然不對因另有納書楹譜行世此處皆姑仍舊貫不加考正

耍鮑老幽谷寒涯、你爲俺催花連夜發、俺全然未嫁、你。箇中知察、拘惜的好人家、牡丹亭、嬌恰恰湖山畔、羞答答讀書牕、淅喇喇良夜省陪茶、清風明月知無價、

滴滴金【生】俺驚魂化、睡醒時涼月些些、陡地榮華、敢

氷絲館加評：頓挫淋漓，情文酣暢。

快雨堂云：差字去聲。

土氣息，泥滋味，竿頭一轉法。

則是夢中巫峽，虧殺你走花陰不害些兒怕，點蒼苔不溜些兒滑，背萱親不受些兒嚇，認書生不着些兒差。你看斗兒斜，花兒亞，如此夜深花睡罷。笑咖咖，吟哈哈，風月無加。把他豔軟香嬌做意兒耍，下的虧他，便虧他則半霎。（旦）妾有一言相懇，望郎恕責。（生笑介）賢卿有話，但說無妨。（旦）妾千金之軀，一旦付與郎矣，勿負奴心，每夜得共枕席，平生之願足矣。（生笑介）賢卿有心戀於小生，小生豈敢忘於賢卿乎。（旦）還有一言，未至雞鳴，放奴回去，秀才休送，以避曉風。（生）這都領命，只問姐姐貴姓芳名。

意不盡（旦歎介）少不得花有根元玉有芽，待說時惹的風聲大。（生）以後準望賢卿逐夜而來。（旦）秀才且和俺點勘春風這第一花。

浩態狂香昔未逢（韓愈）　月斜樓上五更鐘（李商隱）

朝雲夜入無行處（李白）　神女知來第幾峰（張子容）

第二十九齣　旁疑

步步嬌（淨扮老道姑上）女冠兒生來出家相，無對向，沒生長，守著三清像，換水添香，鐘鳴鼓響，赤緊的是

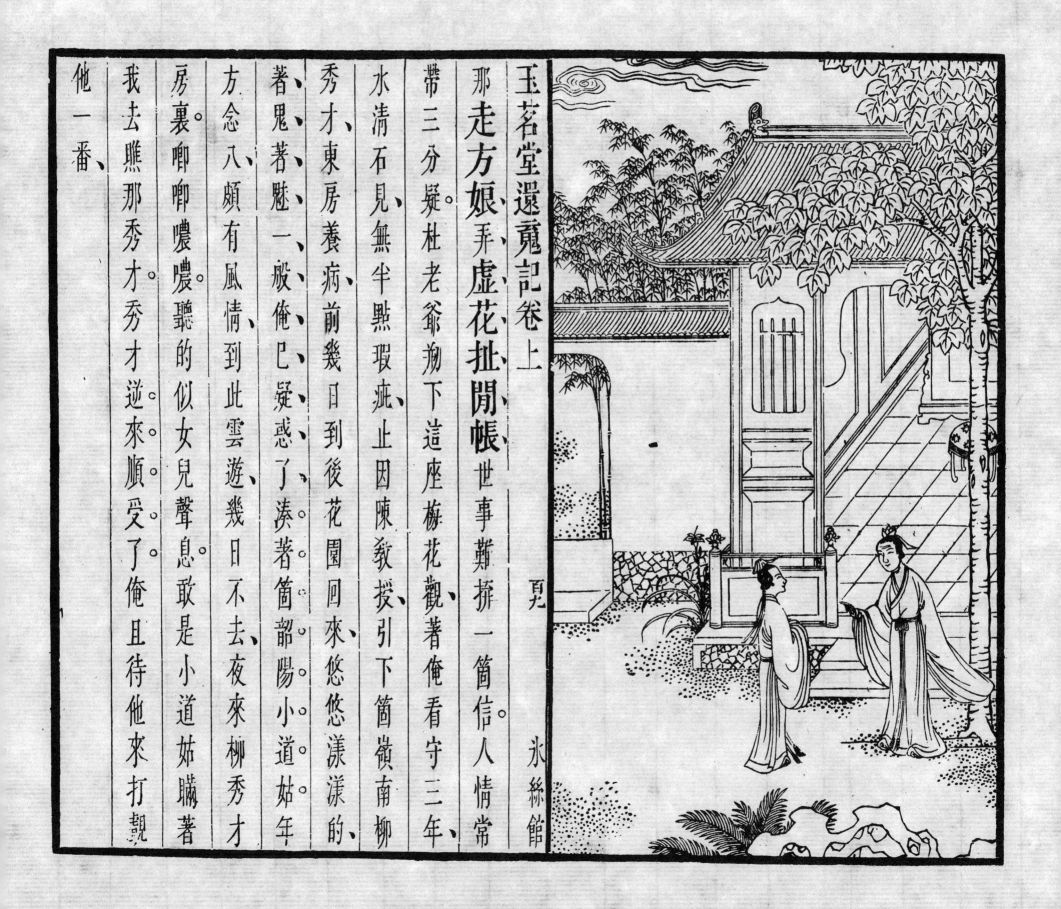

玉茗堂還魂記卷上

見　　　　冰絲館

那走方娘、弄虛花、扯閒帳、世事蹺拚。一箇信人情常帶三分疑。杜老爺剏下這座梅花觀、著俺看守三年、水清石見、無半點瑕疵、止因陳教授引下箇嶺南柳秀才、東房養病、前幾日到後花園回來、悠悠漾漾的、著鬼著魅一般、俺已疑惑了、湊著箇鄙陽小道姑年方念八、頗有風情、到此雲遊、幾日不去、夜來柳秀才房裏。唧唧噥噥。聽的似女兒聲息。敢是小道姑瞞著我去瞧那秀才。秀才逆來順受了。俺且待他來打覷他一番、

華響

【前腔】（貼扮小道姑上）俺女冠兒俏的仙真樣、論舉止都停當、則一點情抛漾、步斗風前吹笙月上、（歎介）古來仙女定成雙、恁生來寒乞相、（見介）（貼）常無欲以觀其妙（淨）常有欲以觀其竅小姑姑你昨夜遊方遊到柳秀才房兒裏去是竅是妙（貼）老姑姑這話怎的起、誰看見來、（淨）俺看見來、

【剔銀燈】你出家人芙蓉淡粧剪一片湘雲鶴氅玉冠兒斜插笑生香出落的十分情況斟量敢則向書生夜牕迤逗的幽輝半牀（貼）向那箇書生老姑姑這話

敢不中理、

【前腔】俺雖然年清試粧、洗凡心氷壺月朗、你怎生剝落的人輕相、比、似、你、半老的佳人停當、（淨）倒、找、起、俺來、（貼）你端詳、這女貞觀傍、可放著箇書生話長、（淨）哎也、難道俺與書生有帳、這梅花觀你是雲遊道婆。他是雲遊秀才。你住的、偏他住不的、則是往常秀才夜靜高眠、則你到觀中、那秀才夜半開門、唧唧噥噥的、不共你說話、共誰來、扯你道錄司告去、（扯介）（貼）便去、你將前官香火院、停宿外方遊棍、難道偏放過你、（扯

江西山水

游戲四書正合腐塾文理訣雨堂云妙在又是元人三昧

介

一封書末上閒步白雲除、問柳先生何處居、扣梅花院主、見扯介呀、怎兩箇姑姑爭施主元牝同門道可道、怎不韞櫝而藏姑待姑、俺知道你是大姑他是小姑、嫁的箇彭郎港口無、淨先生不知、聽的柳秀才半夜開門、不住的唧噥、俺好意兒問這小姑敢是你共柳秀才講話哩、這小姑則答應著誰共秀才講話來、便罷、倒嘴骨弄的說俺養著箇秀才、陳先生憑你說、誰引這秀才來、扯他道籙司明白去、俺是不、的、貼難。

道。俺。是。水。的。末禁聲、壞了柳秀才體面、俺勸你

前腔教你姑徐徐撒月招風實也虛、早則是者也之乎、那柳下先生君子儒、到道籙司牒你去俗還俗、敢儒流們笑你、姑不姑、貼正是不雅相、好把冠子兒扶水雲梳裂了、這仙衣四五銖、淨便依說開手罷、陳先生喫箇齋去、末待柳秀才在時又來、

尾聲清絕處再踟躕、淚介咳、糝東風窮淚撲疎疎、道姑杜小姐墳兒可上去、淨雨哩、末歎介則恨的鎖春寒、這幾點杜鵑花下雨、下淨貼弔場、淨陳老兒去了、

難道是學問資稟只是心坐口出

小姑姑好嚥、（貼）和你再打、聽誰和秀才說話來、

烟水何曾息世機 温庭筠　高情雅淡世間稀 劉禹錫

隴山鸚鵡能言語 岑參　亂向金籠說是非 曾子蘭

第三十齣　懽撓

搗練子（生上）聽漏下半更多、月影向中那（怎）時節夜。香燒罷麽。一點猩紅一點金、十箇春纖十箇針、只因世上美人面、改盡人間君子心。俺柳夢梅是箇讀書君子、一味志誠、止因北上南安、湊著東鄰西子、嫣然一笑、遂成暮雨之來、未是五更便逐曉風而去、今宵

快雨堂云下半闋不甚合稱人心句法

月夫人妙

要此等語

快雨堂云繡帶兒缺末二句

情語將窮又生此二物便

有約、不知遲早、正是金蓮若肯移三寸、銀燭先教刻五分、則一件、姐姐若到、要精神對付他、偷瞧一會有何不可。〔睡介〕

〔稱人心〕〔䰟旦上〕冥途掙挫、要死却心兒無那、也則爲俺那人兒忒可、教他悶房頭守著閒燈火、〔入門介〕呀、他端然睡磕、恁春寒也不把繡衾來摸、多應他祗候著我、待叫醒他、秀才秀才、〔生醒介〕姐姐失敬也、〔起揖介〕〔生〕待整衣羅、遠遠相迎箇、這二更天風露多、還則怕夜深花睡麼、（重出）〔旦〕秀才、俺那裏長夜好難過、纔著你

無眠清坐、〔生〕姐姐、你來的脚蹤兒恁輕、是怎的、（這句好）〔集唐〕〔旦〕自然無跡又無塵、〔朱慶餘〕〔生〕白日尋思夜夢頻、〔令狐楚〕〔旦〕行到窻前知未寢、〔無名氏〕〔生〕一心惟待月夫人、〔皮日休〕姐姐今夜來的遲些、

〔繡帶兒〕〔旦〕鎮消停、不是俺閒情忒慢俄那些兒忘却、俺懽哥夜香殘、迴避了、尊親繡牀偎妝拾、起生活停脫。順風兒斜將金佩拖、緊摘離百忙的淡妝明抹、〔生〕費你高情良夜無酒奈何、〔旦〕都忘了、俺攜酒一壺花果二色、在楯欄之上、取來消遣、〔旦取酒果花上〕〔生〕生

覺峯回境換

冰絲館加評幽媾歡撓二折情艷語以幽澀出之古今獨絕

快雨堂云曖字皆來韻今押作歌戈臨川失檢

青蓮之上

冰絲館加評妙在清瘦中十分酣暢

愛了、是甚果、[旦]青梅數粒、[生]這花、[旦]美人蕉、[生]梅子酸似俺秀才蕉花紅似俺姐姐串飲一杯、[共杯飲介]

白練序[旦]金荷斟香糯、[生]你醞釀春心玉液波拚微酡、東風外翠香紅醱、[旦]也摘不下奇花果、這一點蕉花和梅豆呵君知麼、愛的人全風韻花有根科

醉太平[生]細哦、這子兒花朵似美人憔悴酸子情多喜蕉心暗展一夜梅犀點污如何酒潮微暈笑生渦待噷著臉恣情的嗚嘬些兒箇翠偃了情波潤紅蕉點香生梅唾

玉茗堂還魂記卷上

白練序[旦]活潑死騰那、這是第一所人間風月窩昨宵箇微茫暗影輕羅、把勢兒忒顯豁、爲甚麼人到幽期話轉多、[生]好睡也、[旦]好月也、消停坐不妬色嫦娥和俺人三箇

醉太平[生]無多花影阿那、勸奴奴睡也睡也奴哥春宵美滿、一霎暮鐘敲破嬌娥、似前宵雨雲羞怯顫聲訛敢今夜翠顰輕可睡則那、把膩乳微搓酥胸汗帖細腰春鎖、[淨貼悄上][貼]道可道可知道名可名可聞名、[生旦笑介][貼]老姑姑你聽秀才房裏有人、這不是

妙

忽然接入真天上無縫衣也

入來了

香火字妙

俺小姑姑了。（淨作聽介）是女人聲、快敲門去、（敲門介）（生）誰、（淨）老道姑送茶、（生）夜深了、（淨）相公房裏有客哩、（生）沒有、（淨）女客哩、（生旦慌介）怎好、（淨急敲門介）相公快開門、地方巡警免的聲揚哩、（生慌介）怎了怎了、（旦笑介）不妨俺是鄰家女子、道姑不肯干休時、便與他一箇勾引的罪名兒、

隔尾（旦）便開呵須撒和、隔紗牕怎守的到參兒趓、柳郎則管鬆了門兒、俺影著這一幅美人圖那邊躲、（生開門旦作躲生將身遮旦淨貼搶進笑介）喜也、（生）什麼喜、（淨貼前看生身攔介）

滾遍（淨貼）這更天一點鑼、仙院重門閭、何處嬌娥、怕惹的乾柴火、（生）你便打睃有甚著科、是牀兒裏窩箱兒裏那袖兒裏閣、（淨貼向前生攔不住內作風起旦閃下介）（生）昏了燈也、（淨）分明一箇影兒、只這軸美女圖在此、古畫成精了、

前腔畫屏人踏歌、曾許你書生和、不是妖魔甚影兒望風躲、相公這是什麼畫、（生）這妙娑婆秀才家隨行的香火、俺寂靜裏暗祈求你莽邀喝、（淨）是了、不說不

挾雨堂云臨川尾聲多以襯作正歌譜最難安頓當妥曲就之首句不標襯字以正襯難分故也

知、俺前晚聽見相公房內啾啾唧唧、疑惑這小姑姑、如今明白了、相公權留小姑姑伴話、（生）請了、

尾聲（貼）動不動道錄司官了、私和（生）則欺負俺不分外的書生欺別箇、姑姑這多半覺美鼾鼾、則被你奚落殺了我（淨貼下生笑介）一天好事兩箇尼刺姑掃典掃典。那美人呵好喫驚也。

應陪秉燭夜深遊（曹松）惱亂春風卒未休（羅隱）
大姑山遠小姑出（顧況）更憑飛夢到瀛洲（胡宿）

第三十一齣 繕備

番卜算（末扮文官淨扮武官上）邊海一邊江、隔不斷邊塵漲、維揚新築兩城墻、釃酒臨江上、（請了、俺們揚州府文武官寮是也、安撫杜老大人、爲因李全騷擾地方、加築外羅城一座、今日落成開宴、杜老大人早到也、

前腔（衆擁外上）三千客兩行、百二關重壯、（文武迎介）（外）維揚風景世無雙、直上層樓望、（見介衆）北門臥護要害英、（外）恨少胸中十萬兵、（衆）天借金山爲底柱、（外）身當鐵甕在長城、揚州表裏重城、不日成就、皆文武

冰絲館補點又評詠鹽俊語當補入海賦中

諸公士民之力、（眾）此皆老安撫遠畧奇謀、屬官竊在
下風、敢獻一杯、效古、人、城、隅、之、宴、（外）正好、且向新樓
一望、（望介）壯哉城也、眞乃江北無雙塹、淮南第一樓、
（眾）請進酒、
山花子（末）賀層城頓插雲霄敞、雉飛騰映壓寒江、（淨）
據表裏山河一方、控長淮萬里金湯、（合）敵樓高窺臨
女墻、臨風釃酒旌旆揚、乍想起瓊、花、當、年、吹、暗、香、幾
點、新、亭、無、限、滄、桑、（外）前面高起如霜似雪四五十堆、
是何山也、（眾）都是各場所積之鹽、眾商人中納、（外）商

人何在、（貼老旦扮商人上）占種海田高白玉、掀翻鹽
井橫黃金、商人見、（外）商人麼、則怕早晚要動支兵糧、
儹緊上納、
（前腔）這鹽呵、是銀、山、雪、障、連、天、晃、海、煎、成、夏、艸、秋、糧、
平看取鹽花竈場、儘支排中納邊商、（合前）（外）罷酒了、
喜的廣有兵糧、則要眾文武關防如法、
（舞霓裳）（末淨）文武官寮立邊疆、好關防、休教壞了這
農桑士工商、（合）敢那人家早晚來無狀、打貼起砲箭
旗槍、聽邊聲風沙迭蕩、猛驚起、見蟠花戰袍舊邊將、

紅繡鞋（衆）吉日祭賽城隍城隍、歸神謝土安康安康、祭旗纛犒軍褒陣頭兒敢抵當箭眼裏好遮藏

尾聲（外）按三韜把六出旗門放文和武肅靜端詳則等待海西頭動邊烽那一聲砲兒響、

夾城雲煖下霓旄 杜牧　千里崤函一夢勞 譚用之

不意新城連嶂起 錢起　夜來沖斗氣何高 譚用之

玉茗堂還魂記卷上終